AMADEA

Arti i të shkruarit është aftësia e materializimit të ndjenjave, mendimeve, atyre të pathënave, të padukshmeve. Në këtë tregim, Amadea, Renalda na bën të shohim në jetën e një nëne me një tjetër sy, me një tjetër dhembshuri, me një tjetër kuptim. Nëna nuk është thjesht një krijesë që jep jetë, por gjithashtu një qënie që për jetën jep gjithçka, jo vetëm shpirtin, por edhe të gjitha ëndrrat dhe dëshirat e saj. Nëna është ajo qënie tek e cila realiteti dhe fantazia jetojnë njëkohësisht. Për një nënë të qënit mendërisht e fortë është dobësia më e madhe. Tek nëna të gjitha ndjesitë shumëfishohen dhe ajo nuk është më një njeri me pesë shqisa, por çdo qelizë e saj është një shqisë, një mjet për të ndjerë fëmijën, të ardhmen, jetën. Në këtë tregim gjendet përkushtimi dhe lufta e dy prindërve për të pasur fëmijë. Është një tregim ku sidomos forca emocionale e thith lexuesin dhe i tregon gjithë diapazonin e shpirtit të një prindi e aq më tepër nënës. Tregimi është shkruar si një rrëfim personal dhe kjo e bën akoma edhe më të afërt ngjarjen.

Aida Bode

AMADEA

Tregim nga
Renalda Q. Cullhaj

Redaktoi: Aida Bode

KAPITULLI 1

"Mirmëngjes zemër. Si je, si ndihesh ? A ndihesh mirë?" Ai u ul në gjunë pranë krevatit tim, duke më shtrënguar dorën. Ngrohtësia e duarve të tij më bëri të kuptoj sesa e ftohtë ishte dora ime.

Më dukej kaq e vështirë të hapja sytë dhe kaq i dhimbshëm takimi me dritën që hynte nga dritarja. Doja të mbuloja sytë me duar por ky veprim më dukej edhe më i vështirë.

"Zemër, tani do të shohësh vogëlushin tonë. Është krejtësisht si ti. Më në fund një princ i vogël i gjithi për ne". Duke thënë këto fjalë, më përqafoi dhe mbështeti kokën mbi prehërin tim.

Duart që i dridheshin, tregonin sesa shumë ishte i mbushur me emocion. Ndërsa ngriti sytë të më vështronte një lot rrëshkiti në faqen e tij .

Fjalët e tij më bënin të ndihesha edhe më e humbur. Ku ndoshesha vallë? Me vështirësi kollita për të çliruar fytin dhe munda të përpshpërij:

" Ku ndodhem ? Ku është Amadea?"

Ai ngriti sytë duke më vështruar i çuditur, dukej i habitur nga pyetja ime.

"Zemër, djali ynë u lind, dhe tani infermijeret janë duke e sjellë këtu. Është një djalë. Një vogëlush shëndetplotë. U bëmë me djalë e dashura ime."

U mundova të ngrihem pak më tepër, ndjeja në veshë një zhurmë që më jepte shqetësim, një zhurmë që sa më tepër përpiqesha të lëvizja shtohej. Dhimbja që kisha në të gjithë trupin më hiqte frymën. Hodha një shikim rreth meje për të parë ç'ka ndodhej pranë edhe për më tepër të kuptoja ku ndodhesha. Duhej të ishte me siguri një dhomë spitali. Ngjitur me shtratin tim ndodhej një djep i vogël me çarçafë të kaltër. Zemra nisi të më rrahë fort.

Në mëndje më erdhën si një fragment filmi momenti që duhej të niseshim për në spital dhe dhimbjet që ishin të pa durueshme. Duhej të kisha humbur ndjenjat sepse nuk më kujtohej asgjë më tej. I vetmi mendim i imi ishte Amadea. Ku ndodhej Amadea? Me një kërcim të shpejtë u gjenda me këmbët në tokë.

"Ku është Amadea, ku, më trego ku ?" E pyeta e shqetësuar.

" Irene ,jeta ime, qetesohu. Shtrihu në krevat zemër je ende shumë e tronditur." Ai u ngrit duke u munduar të më tërheqë drejt krevatit. Duke më vendosur si një kukull pa jetë në të u largua duke vrapuar drejt derës.

"Prit të thërras mjekun, të lutem rri e qetë." përshpëriu teksa largohej.

Në sytë e tij mbretëronte frika dhe kjo më bënte të ndihesha akoma më e rrëmbyer nga paniku. Tronditja e tij më jepte të kuptoja që diçka kish ndodhur me vajzën time. Tashmë nuk mund të qëndroja më atje. Me një tërheqje të shpejtë shkeputa serumin që kisha ende të lidhur në dorë.

Koka nisi të më dhembë fort dhe gjtihça filloi të rrotullohej me shpejtësi në të gjitha drejtimet. Zhurma në veshë u shndërua në një fishkëllimë të fortë. Këmbët u dorëzuan nën peshën e turpit tim. Ai u kthye me vrap drejt meje dhe e vetmja gjë që ndjeja ishin duart e tij rreth belit tim, që më jepnin përshtypjen e zinxhirave të fortë që donin të më ndanin nga diçka që më përkiste vetëm mua. Më duhej të gjeja Amadean. Çdo sekondë larg saj për mua ishte një shekull në dhimbje. Ngula dhëmbët në krahun e tij me sa fuqi mund të gjeja në vete dhe iu largova shtrëngimit.

Nisa të vrapoj pa ditur se në kë drejtim të shkoja. E sa larg mund të shkoja me vrap në repartin e një spitali. Stomaku i mbledhur në fyt dhe dhimbjet e forta në gjithë trupin dhe pjesën e poshtme të barkut më hiqnin frymën. Shikimi m'u errësua dhe fishkëllima në vesh shtohej duke bërë gjithë forcat e mija të më braktisin edhe një herë.

E rrëzuar përtokë ndjeja çdo rrahje të zemrës që luftonte në mënyrë të çmëndur. Kisha vetëm zërin tim, fillova të bërtas me gjithë forcën time emrin e saj. Ku ishte vajza ime, dikush duhej të më thoshte diçka. Ku ndodhej vogëlushja ime.

"Është një djalë zemër, kemi një djalë, jo një vajzë, më dëgjo, të lutem më dëgjo më shih të lutem. Erdhi me operacion, me prerje cesariane. Është në fëmijë i shëndetshëm që ..." zëri i tij vinte i dallgëzuar herë e dëgjoja më pranë dhe herë më larg, fytyra e tij turbullohej dhe sqarohej në lëvizje.

Nuk po e njihja më këtë njëri, nuk po e kuptoja dhe nuk doja të dëgjoja më asnjë fjalë, doja thjesht të largohesha sa më shpejt prej aty. Nuk e duroja dot prekjen e tij. Nuk e duroja dot praninë e tij. Nisa të qaj e dëshpëruar tashmë.
"Largohu, largohu! Çfarë po bën? Çfarë po ndodh? Largohu! Ku është Amadea? Së bashku e kemi parë në kontrollet e ultrazërit, jo një herë , shumë herë e pamë atë. Ne ishim bashkë, bashkë, bashkë e pamë. Përse ma bën këtë gjë, përse...përse? Largohu prej meje!"

Duke mbledhur gjithë forcën brënda meje nisa të ulëras me sa fuqi mund të kish ngelur akoma
"Amadea, Amadea"!!!

Ndjeva disa duar të më ngrenë duke më vendosur në shtrat. Dëgjoja zërat, shihja fytyrat që kalonin si në një tren me shpejtësi. Më pas një pickim i vogël në krah dhe nuk kisha më fuqi të hapja sytë. Doja të flisja, dëshiroja të pyesja të gjithë për vogëlushen time, por gjithçka u errësua shumë shpejt dhe u fik pas qepallave të mija të mbyllura.

KAPITULLI 2

Zgjohem papritur pas një gjumi plot me ëndrra të çuditshme. E frikësuar kontrollva karrigen përballë me shtratin por Rikardoja nuk ndodhej aty. U mundova të kthej kokën majtas djathtas dhe e ndjeja shumë të rëndë. Kisha dhimbje në gjithë trupin, më jepej përshtypja sikur njëkohesisht nguleshin me mijëra gjilpëra në të. U përpoqa të ngrihem pak duke u ulur në shtrat por çdo lëvizje e imja ishte torturuese.

"Mirëdita, si ndihesh sot ?" Pyeti duke më buzëqeshur burri i ri duke ardhur drejt meje. Më dukej fytyrë e njohur. Duhej të ishte infermieri.

Pasi vendosi mbi tavolinë gjërat që mbante në dorë, ai u ul tek karrigja bosh.

"Si ke qenë?" më pyeti duke më shtrënguar dorën.

"Mirë, faleminderit. Ndihem pak e lodhur por besoj që është diçka normale." Iu përgjigja duke i kthyer buzëqeshjen me shumë kënaqësi.

"Të kam sjellë disa libra dhe disa revista. Shpresoj të të pëlqejnë." tha duke më treguar stivën e vogël që vendosi para pak mbi tavolinë.

"Faleminderit shumë për librat, e vlerësoj shumë gjestin tënd, por ..." doja të vazhdoja fjalinë duke i thënë që ishte tepër që një i panjohur të bënte kaq shumë për mua, por ndoshta ky ishte sistemi që funksiononte ky spital.
"Por? Dëshiron të të sjell ëmbëlsira vallë? Sigurisht që nuk do të mungojnë herës tjetër. Çdo gjë që dëshiron mund të ma kërkosh." shtoi duke mos shkëputur shikimin nga unë.
Shumë e vlerësuar nga fjalët e tij edhe nga buzëqeshja e tij e sinqertë po mendoja që ky spital kish infermijerët më të sjellshem se çdo vënd tjetër. Më dukej tashmë sikur isha në shtëpinë time.
Duke qeshur i them "Sigurisht që ëmbëlsirat janë të mirëpritura, por mos sill shumë çokollata. Nuk rekomandohen gjatë gjidhënies. Nuk do të doja që vogëlushja ime të bëhej nervoze. Shihe sa e bukur është."
Amadea ime flinte e qetë në krahët e mia, e mbështjellë duke treguar faqet e vogla që ishin gati e njëjta ngjyrë me kuvertën e saj rozë.
Ai i uli sytë e tij në tokë, në sytë e tij mbretëronte pikëllimi. Një mërzi që unë nuk kisha parë ndonjëherë në jetën time. Nuk e di por e ndjeja të nevojshme ta ngushëlloja dhe i përkëdhela flokët në kokën e varur kaq trishtueshëm.
"Përse vallë kaq mërzi? Jep përshtypjen e një qenushi të braktisur." i them.
"Unë jam, unë jam." M'u duk sikur tha në një psherëtimë të

dalë nga thellësia e shpirtit gati dhe jo nga buzët e tij.
"Nëse ke familjen tënde, atëherë nuk ke përse të shqetësohesh për ndonjë gjë tjetër, unë jam e sigurtë se nëna jote është shumë krenare për ty. Unë do të isha shumë me fat të kisha një djalë si ti. Vërtet shumë me fat." i them duke i buzëqeshur. Ai më përkëdheli dorën, u çua duke tundur kokën.
"Ke të drejtë, familja është ç'ka ka njeriu më të shenjtë." përshpëriu dhe u nis drejt një gruaje që qëndronte pak më larg duke mbajtur për dore një vajzë të vogël.
E ndjeja që forcat e mia edhe një herë po më braktisnin. Me vështirësi të madhe po mbaja sytë hapur.
Spitali është shumë i bukur padyshim, por më ka marrë malli për shtëpinë time, mezi pres momentin që do të ndodhem në shtratin tim.
Pranë Rikardos në shtëpinë tonë të bukur gjithçka do të ishte një mrekulli. Amadea buzëqeshi ëmbël në gjumë sikur kuptonte edhe ajo mendimet e mia. Më jepej përshtypja që mijëra flutura shumëngjyrëshe pushtonin shpirtin tim sa herë që e vështroja. Mrekullia ime e vogël, krijesa ime e shumëpritur.
Vajza e vogël u shkëput nga dora e nënës së saj dhe erdhi me vrap drejt meje duke vështruar plot kurreshtje Amadean e vogël.

KAPITULLI 3

"Zemër, zemër, mmm. Amadea po qan. Do të shkosh t'i japësh qumshin ti apo jo? Riki?" Kthehem dhe shoh se Rikardo është duke fjetur. Duke u munduar të bëj lëvizjet sa më të lehta edhe të shpejta, largohem nga krevati në qetësinë më të madhe të mundshme. Në majë të gishtave zbrita me vrap të lehtë duke u drejtuar në kuzhinë. Të qarat e Amadeas dukeshin sikur po ndalonin. Pesha e rëndë në shpirt nuk më shkëputet as një sekondë. Ndihej tashmë që me hapjen e syve gjithçka rëndonte brënda meje. U mundova të marr frymë thellë dhe ndeza dritën e kuzhinës. Hapa dollapin të nxjerr biberonin dhe për një çast e shoh që po qëndroj aty në këmbë pa ditur ku të shkoj, çfarë të bëj. Hodha një shikim rreth meje në kuzhinë dhe një dallgë dhimbjeje u ngjit deri ne fyt në një britmë që mundohesha të kapërdija.

Me vrap ngjita shkallët drejt dhomave të gjumit, gati pa frymë me zemrën që po kërcente nga kraharori, futem në dhomën e Amadeas. Me duart që më dridheshin ndeza dritën dhe...asgjë. Në dhomë nuk kish asgjë. Në dhomën e bardhë ndodhej vetëm tavolina e punës sime dhe karrigia lëkundëse pranë dritares.

Lotët nisën të shkasin rrëmbimthi mbi faqe. Nisa të qaj me dënesa. Këmbët nuk më mbanin më dhe e ulur në gjunjë, me duar shtrëngoja fort gojën mos i lejoj ulërimat të dalin.
Nuk e di sa kohë mund të kish kaluar që ndodhesha e shtrirë përdhe duke vënë në lotë dhimbjen që nuk gjente çlirim. Rikardo i cili ish zgjuar erdhi duke vrapuar drejt meje. Më përqafoi, duke më mbajtur kokën mbështetur në gjoksin e tij përshperinte plot shqetësim
"Shhh e vogla ime, mos qaj të lutem. Më thuaj çfarë ndodhi, çfarë ke?"
"Nuk e di, nuk e di. Ishte një ëndërr, paskam ëndërruar. Ishte një ëndërr kaq e fortë, që vërtet ndjeja gjithçka sikur po ndodhte në moment, nuk e di ..nuk e di..." përsërisja ndër dënesa, pa ndaluar dot lotët që rrëshkisnin pa pushim vazhdoja t'i shpjegoj.
"Amadea, po qante fort, dhe isha e bindur që kishte uri, u çova t'i përgatis qumështin, dhe ...asgjë ..asgjë...në dhomë nuk ka asgjë që ta kujtojë më. Ishte kaq e vërtetë! Nuk e di..."

Nuk isha në gjëndje t'ia shpjegoja me fjalë atë që unë kisha përjetuar. Edhe pse mundohesha me çdo mënyrë ta bëja ta kuptonte dënesat nuk më linin më të flisja.

Rikardo i zbehur në fytyrë më ngriti kokën duke më drejtuar fytyrën drejt tij dhe duke më fshirë lotët më pyeti.

" Zemër, kush është Amadea?"

KAPITULLI 4

Ula kokën pa pasur fuqi t'i përgjigjem dhe ai nuk vazhdoi më me pyetjet. Më shoqëroi në krevatin tonë ku e lodhur nga të qarët, sa vendosa kokën në jastëkun e butë u dorëzova në krahët e një gjumi të thellë pa ëndrra.

Për fat Rikardo nuk ndodhej në shtëpi atë ditë. Do të kthehej në mbrëmje që do të thoshte se unë do të kaloja ditën pa u menduar nëse më duhej të çohesha nga krevati.

Kur hapa sytë, një erë e këndshme që përqafonte gjithë atmosferën më ftonte drejt kuzhinës. Mesa dukej kisha kaluar në gjumë gjithë ditën. U çova ngadalë dhe pas një dushi zbrita në kuzhinë ku vura re gjithë mrekullinë e përgatitur nga Rikardo. Tavolina e shtruar në mënyrë të përsosur, në atë mënyrë që vetëm ai mund ta përgatiste, të linte pa fjalë.

E përqafova fort duke u zhytur në erën e parfumit të përzjerë me erën e lëkurës së tij pranë veshit. Në përqafim kuptova që ishte dobësuar dhe po habitesha me veten time që nuk e kisha vënë re më herët. Duke fërkuar majën e hundës ke e hapura që linte bluza me jakën në formë V-je e putha duke e falenderuar.

Adhuroja erën e tij, trupin e tij, gjithçka tek ai. Rikardo ishte gjithçka për mua. Nuk do dija vërtet si mund të dilja nga kjo situatë kaq e vështirë pa atë. E putha lehtë dhe u ula të shijoj gatimin e tij të mrekullueshëm.

Pas disa minutash që përtypnim në heshtje, duke gëlltitur gllënjkën e parë të verës, e përgëzova për darkën e përkryer.

"A ndihesh më mirë tani?" theu heshtjen duke më pyetur mundohej të fshinte shqetësimin.

"Po, po, shumë më mirë." nxitova t 'i përgjigjem. "Thjesht jam pak e hutuar. Ndoshta e kisha kaq të gjallë këtë ëndërr, sepse kam menduar shumë për të këto ditë. Tani do të isha në javën e 41. Nëse nuk do të kishte lindur më parë, sot do ta mbanim në krahë." Një psherëtimë më doli pa dashur.

"Më vjen kaq keq zemër. Më vjen shumë keq që duhet të kalosh këtë situatë. Unë jam këtu për ty, për gjithçka. Ma thuaj dhe unë jam këtu..." Pëshpëriti duke më shtrënguar dorën.

" E di, e di, Riki. Ajo që nuk kuptoj, është që si ka mundësi që unë e thirra Amadea...Nuk më kish shkuar në mëndje ta thërrisja kështu. Dhe isha e bindur që quhej Amadea; nuk di si të ta shpjegoj. Ishte aty. E ndjeja. Dhe për më tepër u zgjova nga të qarat e saj." Duke parë veshtrimin e Rikit kaq të shqetësuar, mendova që do të ishte më mirë të ndërroja temë.

"Nejse, atë emër do ta kem dëgjuar diku këto ditë dhe më ka ngelur në mëndje thjesht. Ti si e kalove ditën në punë?" Vazhdova bisedën duke u shtirur që ç'ka thoshte me dukej interesante.

Mbrëmja kaloi duke evituar të bisedoj me Rikardon për çfarë kish ndodhur. Në fund të fundit ishte thjesht një ëndërr dhe asgjë më tepër. Ai fjeti për disa orë sepse do t'i duhej të udhëtonte gjatë për një paraqitje të re të revistës të muajit në vijim. Ato orë të përpira nga heshtja për mua kaluan shumë shpejt duke jetuar nga e para në mëndje çdo moment që më dhimbte më shumë.

Është e çuditshme sa herë që ndihemi keq, e ndjejmë të nevojshme të torturojmë veten edhe më shumë. Një kënaqësi e brëndshme në paaftësinë e shkëputjes nga hidhërimi. Duket sikur kjo është një mënyrë për të dënuar veten që nuk ka guximin të shkëputet nga dhimbja që ndjen në moment, duke e rënduar edhe më tepër me dhimbje të kaluara. Mendimet e mia ishin shndërruar në një brimë të zezë që më përpinte dhe sa më shumë ndjeja që shkas aq më tepër shtohej dëshira për t'u lëshuar, për të lëshuar duart nga ku mbahesha sikur edhe për pak.

Duke qenë që pjesa më e madhe e ditës kaloi duke fjetur tashmë sado që mundohesha të flija ishte e kotë. Rikardo kishte disa orë që ishte duke udhëtuar dhe duke qenë vetëm në shtëpi nisa të endem nga një dhomë në një dhomë nëpër shtëpi.

Hyra përsëri në dhomën e vogël. Dhoma e bebes tonë. U ula në karrigen lëkundëse dhe teksa lëkundesha lehtë vështroja nga dritarja fletët e pemës që kërcenin në rritmin e erës. Sa e çuditshme është jeta. Tre muaj më parë lëkundesha po në të njëjtën karrige duke përkëdhelur barkun të mbushur me jetë, duke ëndërruar ditën e sotme që do ta kisha vogëlshen time në krahë. Ëndërroja degët e zhveshura të pemës që do të mbusheshin me fletë të reja ashtu si edhe krahët e mija më në fund do të ishin mbushur nga dashuria e shumpritur.

Kanë kaluar tre muaj dhe nuk ka ngelur asnjë shenjë në trupin tim nga ekzistenca e saj. Barku nuk ka asnjë hark që të kujtojë rritjen e saj në të.

Më mungonin kaq shumë lëvizjet e saj të vogla, dhe emocionet të krijuara në çdo dridhërimë të saj të vogël, më mungonte pritja e saj. Më mungonte gjithçka dhe për më tepër, më mungonte jeta që kisha ëndërruar.

Tani më për mua nuk kishte jetë, nuk kishte motiv të zgjohem në mëngjes. Nuk kishte arsye frymëmarrja, ushqimi, e veshura, e gjithë ekzistenca ime ishte e kotë. Kam shpenzuar orë dhe orë të tëra duke lexuar për kohën që kërkohet që gjithçka të rikthehet në normalitetin e mëparshëm. E si do të ishte e mundur të arrija në një normalitet? Unë kisha vite dhe nuk e dija çfarë ishte normaliteti. Kisha vite që flija dhe zgjohesha, merrja frymë vetëm me një mendim. Mendimin që unë të bëhesha nënë.

Si mund të jetë e mundur të kthehesh në "normalitet" kur arrin dhe prek me duart e tua ëndrrën dhe më pas të mësohesh pa të? A do të ishte e mundur të harroj gjithë këtë dhimbje vallë? Shumë më thonë që ndoshta ishte më mirë që ndodhi kështu, sepse sigurisht do të ketë diçka të mirë pas ksaj historie të hidhur. Zoti ndoshta na rezervon diçka të mirë në të ardhme. Por nuk kam ende forcën të besoj në diçka pozitive. Nuk mund të pranoj përse duhej të më ndodhte pikërisht mua diçka e tillë. Nuk jam në gjëndje ta shkëput nga shpirti atë "Përsenë" që më torturon çdo sekondë. Nuk jam në gjëndje të mos e fajësoj më veten për ç'ka më ndodhi. Ndoshta nuk e doja aq shumë sa të dëshironte të qëndronte me ne. Ndoshta egoizmi im për t'u bërë nënë e trembi duke e bërë të largohet. Ndoshta nuk e meritoja të isha nënë. Nuk mund të shihja asgjë pozitive në këtë histori kaq të dhimbshme për mua. Gjëja më pozitive që mund të ndodhë gjatë ditës time ishte të mbaj lotët ose të arrij të bëj një bisedë sikur nga më të thjeshtat. Për mua gjithçka tashmë ishte një torturë.

Duke fshirë lotët u çova ngadalë nga karrigja duke e lënë të lëkundet vetë pas meje. Përkëdhela muret, që deri para një muaji ishin të gjithë rozë me pikturat e bëra nga unë. Tani një e bardhë verbuese shkëlqente mbi errësirën e dhimbjes time, duke fshirë edhe shenjat më të vogla të pikturave të bëra me një pjesë nga zemra. Nuk e di përse ndodhi kjo gjë. Dhe futem sërisht në tunelin e kujtimeve duke rindërtuar gjithë rrugën e jetës tonë me Rikardon.

Jemi njohur në festën e diplomimit tim dhe prej atëhere nuk jemi larguar më nga njeri tjetri. Tashmë kam dyshime nëse duhet të qëndrojmë bashkë. Ndoshta ai nuk e meriton një grua të tillë në krahun e tij. Dhe sigurisht që dëshiron një fëmijë, atë fëmijë që unë nuk jam e aftë t'ia jap. Tashmë jam 36 vjeç. Nuk është vonë, sigurisht që nuk është vonë për të pasur fëmijë. Por për mua është një rrugë e mbyllur. Ai është 39 vjeç, dhe kemi kaluar gati 12 vjet duke u munduar të kemi një fëmijë.

Kur u njohëm ajo që na bëri të lidhemi edhe më shumë ishte dëshira për të krijuar një familje të madhe. Kur e shprehnim këtë gjë tek miqtë tanë, ata na tallnin. Pas martesës, çdo muaj që kalonte prisja me padurim të ndodhte një mrekulli por edhe pas dy vjetësh isha ende duke pritur.

Fajin kryesor i vinim stresit tim të krijuar nga dëshira e madhe për një fëmijë, por më vonë nisëm të shqetësohemi. Vendosëm që ishte momenti i duhur për t'u nënshtruar të gjitha analizave të nevojshme në situata të tilla. Por çuditërisht gjithçka ishte mëse normale për të dy. Ishim të dy mrekullisht mirë për të pasur fëmijë pa as edhe një lloj problemi. Atëhere çfarë na pengonte?

Vitin e katërt një shtatëzani jashtë mitre na dha shpresë dhe na i morri po në të njëjtin moment. Në vitet në vijim dy shtatëzani jashtë mitre ishin ç'ka na hoqën edhe fijen më të hollë të shpresës që varej në shpirtin tonë.

Kuptoja që ditët e para të shtatëzanisë që diçka nuk shkonte mirë. Testet e shtatëzanisë sado kohë që mund të kalonte nuk ndryshonin. Një vijë e hollë shfaqej në ekranin e vogël e cila dallohej me vështirësi të madhe.

Humbje në ngjyrë kafe, si fillimi i menstruacioneve të kombinuara me dhimbjen e një anshme në lartësi të veshkës dhe pjesës së poshtme të barkut ishin shenjat që më alarmonin. Nuk ishte thjesht dhimbja fizike apo frika ajo që më dërmonte shpirtin; ishte zhgënjimi që ishte mbi çdo lloj mërzie. Një zhgënjim që nuk mund të arrihet të futet në fjalë.

Çdo muaj ishte një torturë e pa parë, çdo muaj që mendoja që thjesht do të dorëzohesha, që nuk duhej të torturohesha më në këtë mënyrë. Çdo muaj vendosja të hiqja dorë por përsëri do të beja me mijëra teste shtatëzanie, e varur jeta dhe shpresa ime në vijat e shfaqura në testet e shtatëzanisë.

Çdo muaj ndër lot pyesja veten, përse nuk mund të kisha diçka që për të gjithë është kaq natyrale? Përse unë nuk mund të kisha një fëmijë, ndërkohë shumë kishin fëmijë dhe kur nuk i dëshironin?

Mbas gjithë kësaj kohe marrëdhënia jonë kishte nisur të merrte një kthesë të rrezikshme. Ne nuk ishim më mjaft për njëri tjetrin, nuk kishim më asnjë temë për të diskutuar. As edhe një gjë nuk mund të na bënte të qëndronim pranë njëri tjetrit. Unë kisha mendimin e fiksuar tek ardhja e një fëmije dhe asgjë tjetër nuk mund të më bënte të hiqja mëndjen prej këtij mendimi. Çdo bisedë e jona do të përfundonte tek analizimi i dështimeve të mëparshme, faktorët që e shkaktuan, duke mos pranuar thjesht faktin, që po ...ndodh ka raste që ndodh edhe kështu. Duhej të fajësoja gjithmonë veten për gjithçka. E dija që edhe për Rikardon ishte një situatë shumë e vështirë. Ndoshta jo aq e vështirë sa ishte për mua por edhe ai po vuante. Mbas shumë analizimesh dhe bisedash vendosëm ç'ka do të ishte më e mirë për ne. Do të mundoheshim edhe një herë, për herë të fundit duke përdorur Fekondimin In Vitro.

Pas shumë kërkimesh, patëm fatin të njihemi me një nga doktorët më të njohur në fushën e Fekondimit In Vitro përmes një koleges time, e cila gjithashtu prej vitesh kërkonte një fëmijë.

Natën para takimit tonë me mjekun isha tepër e tensionuar dhe nuk munda të fle.

Rikardo kish marrë leje nga puna e tij për të më shoqëruar por nuk mundëm të shkëmbenim asnjë fjalë me njëri tjetrin.

Gjithë rrugës drejt spitalit shikoja qytetin që zbardhej nga rezet e para të diellit duke u lutur që një reze të na prekte edhe ne. Të na ndriçonte këtë qoshe të errët merzije që na mbyste. Vetëm një reze të vogël, një fije shprese ku mund të varnim sërisht dëshirën për të jetuar.

Parkingu i spitalit ishte pothuajse i boshatisur. Qetësia e plotë bënte hapat tona të dëgjohen edhe më të rënda se sa pesha që mbanim në shpirt.

Ajri i freskët i mëngjesit në hyrje ngatërrohej me erën e spitalit. Zemra nisi të më rrahë fort, Rikardo më shtrëngoi dorën duke më tërhequr pranë vetes. Ai shtrëngim i dorës më qetësoi duke më kujtuar që në këtë rrugë nuk isha vetëm.

Sekretarja e doktor Aleksandër na shoqëroi drejt zyrës së tij duke na ofruar një kafe ndërsa prisnim. Zyra e tij paçka se ishte e madhe dhe me shumë pak sende të jepte përshtypjen që ishte plot.

"Mirmëngjes. Më falni për vonesën, por kisha një rast urgjent." U dëgjua në hapjen e derës. Të dy me Rikardon u çuam në këmbë të tensiouar.

Doktori gati me dy hapa kish përshkuar dhomën e madhe. Ishte rreth të pesëdhjetave me pak flokë të bardha dhe një buzëqeshje të madhe e cila nuk mund të mos vihej re.

"Mirmëngjes doktor" thamë gati në një zë të dy.

" Ejani, ejani uluni këtu" na tregoi një dhomë tjetër në brendësi të zyrës të tij. E ndoqëm drejt një kolltuku në formë rrethi. Pas tij erdhi sekretarja duke mbajtur në dorë një disk me qumësht biskota dhe një mijë gjëra të tjera që me siguri duhej të ishte mëngjesi i doktorit.

Gjithë këto lëvizje më shtonin edhe më tepër stresin edhe pasigurinë. Dëshiroja të bisedoja me të sa më shpejt.

"Faleminderit Ina, por nuk është momenti" tha ai sikur të kish lexuar mendimet e mija.

"Doktor Aleksandër, ne dëshironim..." nisi të flasë Rikardo por nje levizje e dorës të doktorit e ndërpreu.

" Më thërrisni Aleksi, do të ndihesha më mirë. E kam lexuar kartelën tuaj, dhe jam i informuar plotësisht rreth gjëndjes në të cilën ndodheni." tha ai duke na parë të dyve në sy.

"Gjithashtu di rëndësinë që ka për ju të mësoni gjithçka pa humbur kohën tuaj sikurse dhe timen. Gjëja e parë dhe më e rëndësishmja që ju duhet të mbani mend, është që këtu kërkohet vërtet një investim i madh fizik dhe financiar.

Sigurisht investimi emocional ka gati rolin kryesor në këtë rast." vazhdoi ai duke mos shkëputur shikimin e tij prej nesh. Me ton shumë të qetë vazhdoi duke na shpjeguar " Në fekondimin in vitro nuk pritet që vezët të ovulojnë në mënyrë spontane siç ndodh në një cikël normal. Ato merren ose thithen përmes një gjilpëre speciale nën drejtimin ekografik. Ky proces njihet si "Pick Up". Mbas marrjes, vezët çohen në laborator ku seleksionohen ato që janë më cilësoret, të cilat do të bashkohen me qelizën mashkullore për të dhënë embrionin. Përmes një kateteri special, embroni vendoset direkt në mitër përmes vaginës. Tani mund të më bëni pyetjet që dëshironi" shtoi ai duke u mbështetur në kolltuk.

Pas shumë bisedash dhe sqarimesh në pyetjet tona, të dy me Rikardon ndiheshim më të bindur se kurrë për të vazhduar.

Përgatitja e trupit ishte diçka tjetër, trajtimi me medikamentin e duhur qe zgjaste rreth 20 ditë, gjatë të cilave vazhdoja të punoja. Vizitat ishin gati 4 me 5 për të bërë gjilpërat e gjithë trajtimit; diçka që nuk më pengonte.

Ajo që më shqetësonte më tepër ishte durimi im i humbur. Nervozohesha me gjithçka.

Nuk duroja njerëzit, gjërat, diellin, hënën dhe vetë ajrin.

Këtë herë testi u bë në spital dhe më në fund isha shtatzanë. U ndjeva shumë me fat, pasi një pjesë e madhe nuk arrin suksesin që herën e parë. Kërkova një muaj leje nga puna për të qëndruar në shtëpi duke mos rrezikuar ta humbas. Gjatë gjithë kohës qëndroja shtrirë pa e ekspozuar trupin në asnjë mundim të pa nevojitshëm. Sigurisht që ishim të informuar për përqindjen e suksesit që varej nga shumë faktorë. Javën e dytë pas vërtetimit të shtatëzanisë, pa asnjë motiv ose ndonjë mundim nga ana ime ndjesia e dhimbjeve premestruale në pjesën e poshtme të barkut keqësohej me kalimin e kohës. Dhe mbas disa orësh nisi hemoragjia. Në spital thjesht konfirmuan që ishte shkëputje dhe pas dy ditësh verifikuan abortin spontan. Asgjë nuk mund të bëhej më tepër nga ana e tyre.

Mbas tetë muajsh tentuam përsëri të gjithë procedurën, por sërisht mbas një muaji patëm të njëjtin fat. Askush nuk mund të na jepte një përgjigje nga momenti që ne ishim një çift i shëndetshëm. Shumë ishin mjekët që nuk donin të merrnin përsipër situatën tonë pikërisht për këtë arsye. Por duke qënë që provuam të shkojmë nga mjekët omeopatë, tek psikologët e ndryshëm sepse ndoshta ishte një bllokim emotiv, kaluam në zgjedhjet popullore duke provuar çajrat dhe bimët nga të gjitha anët e botës. Provuam të stimulojmë pjellurinë me anë te aromave të ndryshme, të vajrave esenciale, të djegjeve të bimëve të caktuara në fazat e duhura të hënës. Provuam duke vizituar kishat, xhamitë dhe vëndet e mira pa fund, për ne kjo ishte e vetmja rrugë që kishte ngelur edhe pse shkenca nuk na jepte një përgjigje konkrete.

Tashmë ishte kthyer në një fiksim. Vitet kalonin dhe unë nuk doja të takoja më asnjë njeri prej atyre që njihja. U largova nga të gjitha shoqet e mija, nga të gjithë njerëzit që mund të kishim një farë kontakti. Ishte sikur të më vrisnin sa herë do të flisja me dikë. Pyetjet pa fund për vonesën e fëmijës së parë, këshilla nga më të ndryshmet për të bërë beben, madje edhe si mund të zgjidhja edhe seksin e fëmijës.

Ishte e pa durueshme të takoheshim me shoqërinë që vite më parë tallej me ne që dëshironim që në moshë të vogël të kishim fëmijë, tani i shihja me femijët e tyre dhe ne të dy vetëm. Të braktisur nga fati. Nuk më interesonte çmimi, nuk më interesonte se sa do të shpenzohej nga ana financiare, nuk më interesonte më se sa do të shpenzohej nga ana emotive. Nuk më interesonte se sa tortura të tjera do të kalonte trupi im. Më interesonte vetëm një fëmijë.

Luhatjet e humorit tashmë ishin të tmerrshme dhe të pa kontrollueshme si nga hormonet që merrja por dhe nga lodhja dhe pagjumësia. Nga lotët e dëshpëruar, tek euforia e pa kontrollushme, nga krizat histerike tek depresioni. Besoj vërtet që përdersa kemi kaluar dhe lënë pas nesh atë periudhë kaq të keqe, duke qëndruar sëbashku me Rikardon, nuk besoj që do të jetë e mundur të vijë një ditë që të na ndajë.

KAPITULLI 5

Pas shumë lutjesh duke shtrënguar ndër dhëmbë edhe fijen e fundit të shpresës, Rikardo pranoi ti nënshtroheshim edhe një trajtimi tjetër. Ky do të ishte trajtimi i fundit për ne sepse po vihej në rrezik gjithçka tek në të dy dhe për më tepër shëndeti im.

Me ankth pa fund, me shumë kujdes ia dolëm mbanë të hedhim rrezikun e tremujorshit të parë të shtatëzanisë, të cilët përbëjnë dhe kohën më kritike.

Përzjerja, ndjenja e humbjes së fuqisë, marrjet e mëndjes, uria e madhe për diçka ose mungesa totale e urisë në këtë tremujorsh për mua ishte gjithçka; Ishte një bekim. Një mrekulli e realizuar!

Emocionet më të forta të jetuara nga ne si çift u përmblodhën tek momenti i dëgjimit të rrahjes të zemrës të embrionit. Rrahje të forta dhe të shpejta, një muzikë qiellore për veshët tanë. Një muzikë që na preku në shpirt duke na bërë të shpërthejmë në lotë gëzimi. Pas kaq vitesh, një ëndërr e realizuar në një sallë spitali, me shkop magjik aparaturën e ultrasaundit. Shpërthyem të dy në një të qarë shpëtimtare, sikur lotët po shpërlanin gjithë dhimbjen, durimin e provuar kaq shumë, zhgënjimet pa fund, frikën, lodhjen, ankthin. Të gjitha mbledhur në një çast që nuk linte më asnjë vënd për fjalë.

Nga fundi i muajit të katërt, lëvizjet e para të bebit si flutura të vogla në barkun i cili kish dalë pak dhe rrumbullakosur i jepnin çdo rrahje të zemrës time një kuptim më vete. Rikardo shkëlqente sa herë më shikonte. Nuk i ndante dot duart nga barku. Kalonim orë dhe orë të tëra duke lexuar detajet më të vogla për rritjen e embrionit.

Mbaja ditar për çdo ndjenjë, emocion që më krijohej. Shënoja peshën dhe ushqimet në një kalendar javor duke ngjitur fotografitë të realizuara gjatë javës me barkun në rritje, gjithmonë në të njëjtën orë.

Ishte një ndërthurje emocionesh kaq e fortë dhe e bukur sa ndiheshim të shpërthenim nga lumturia. Rikardo kish arritur të bënte të gjthta gjërat ai në shtëpi. Nga unë priste vetëm të qëndroja shtrirë dhe të shijoja në liri të plotë gjithçka që dëshiroja dhe gjithçka që do të më falte qetësi dhe kënaqësi.

Në ekografinë morfologjike pasi u verifikua që gjithçka shkonte për mrekulli mësuam që do të bëheshim me një vajzë. Pas asaj dite brënda dy javësh, dhoma që përdorej nga unë si zyrë u shdnërrua në një parajsë e veshur në rozë. Nuk mund të ketë gëzim më të madh sesa momenti i kaq ëndërruar. Fotot nga ultrasaundi, të zmadhuara zbukuronin dhomën tonë. Ishte e pa besueshme qartësia me të cilën dukej gjithçka. Hunda e vogël, duart, gjishtat e këmbëve dhe duarve. Ishte një mrekulli e vërtetë. Qëndroja me orë të tëra duke parë këto fotografi e mrekulluar dhe fërkoja harkun e barkut. Një nga momentet më të bukura ishte kur me Rikardon zgjidhnim veshjet e saj të para. Duke qeshur dhe duke imagjinuar se si mund të jetë, duke pasur gjatë gjithë kohës zemrën që nuk rrihte më por bënte kërcime nga gëzimi.

KAPITULLI 6

Kisha hyrë në javën e 26-të të shtatëzanisë dhe gjithçka shkonte për mrekulli. Veç një ditë kur u ngrita nga gjumi kisha ndjejësinë e një peshe të madhe që më tërhiqte barkun për poshtë.

Nuk kisha dhimbje gjatë ditës, por ajo që nisi të më shqetësojë ishte shfaqja e disa pikave gjaku. Pa humbur kohë i telefonova Rikardos dhe shkuam në urgjencë. Aty vunë re shkëputjen e plankuntës. Duhej të shtrohesha në spital dhe të isha nën kontroll gjatë gjithë kohës.

Më dukej si diçka absurde, nuk ishte e mundur të më ndodhte diçka e tillë, ishte e pa mundur.

Hemoragjia nisi të shtohej dhe çdo minutë që kalonte unë ndihesha e paralizuar nga frika dhe e mbytur në një makth të pa parë. Gjithë trupi dridhej dhe i lutesha kujdo të më ndihmonte, gati duke ulëririë. Edhe pse pas ilaçit qetësues, vazhdoja të dridhesha. Mendja vraponte me një shpejtësi të çmëndur duke bërë të pamundur të folurën.

Pas disa orësh nuk mund të bëhej asgjë tjetër. E vetmja gjë që kish ngelur ishte vetëm të lindja. Nuk kisha mundësinë të pranoja që po më ndodhte diçka kaq e tmerrshme. Injektimi i oksitocinës përshpejtoi lindjen natyrale. Nga ekografia e fundit dy ditë më parë, më kishin informuar që vogëlushja peshonte 740 gr. Ajo lindi 300gr. Ishte e pa mundur për të të jetonte.

Nuk e di çfarë ndodhi, si kaloi koha ose ngjarjet më tej i kam si hije në mëndje. Ndoshta do të isha çmendur po të mos kisha ndihmën e ilaçeve. Thjesht, dhimbja nuk mund të vihet në fjalë. Megjithëse mjekët më informuan që unë jam plotësisht e shëndetshme dhe pas kësaj që ndodhi unë mund të provoja sërisht të bëja një fëmijë pas gjashtë muajve: unë u dorëzova.

Nuk kam asnjë lloj shprese, apo dëshire të nis këtë rrugë kaq të vështirë nga e para. Rikardo më është ndodhur në çdo moment pranë dhe më ka dhënë forcën dhe kurajon që mua më mungon më të shumtën e rasteve. Por tani edhe ai është tërhequr nuk do të më shohë më të vuaj në këtë mënyrë përsëri.

Janë vite që për mua të bëj dashuri, do të thotë të mundohem të kem një fëmijë. Sepse është temperatura e duhur e trupit, sepse është dita e ovulimit, sepse hëna është në fazën e duhur. Asnjëherë deri tani nuk kam e menduar se si mund të jetë të jetosh një jetë të qetë pa fiksimin e një fëmije mes nesh. Është për gjithçka faji im. Jam unë që e kam arritur situatën në këtë pikë. Sigurisht diçka do të kem bërë të gabuar që e provokova edhe humbjen e vajzës tonë. E mendoj dhe rimendoj gjithçka pa gjetur paqe me veten. Çohem ngadalë dhe drejtohem dritares të madhe që prej pak kohe ndryshuam, duke zgjeruar madhësinë e saj gati sa gjithë muri, duke vënë dopjo xham të porositur enkas për të. E bëmë duke menduar faktin që vogëlushja jonë do të mund të ndihej në natyrë duke shijuar çdo ndryshim e saj nga dita në ditë dhe nga stina në stinë.

Dhe ja tek jam, gjithmonë këtu e vetmuar duke shijuar hënën e plotë, e trishtuar, e plotë në hidhërimin tim.Ditët e mia kalojnë si një film përpara syve të mi. Asgjë nuk më bën asnjë lloj përshtypje. Darkave fillon një peshë të më rëndojë mbi kraharor deri sa të vishet në natë e gjithë ekzistenca ime. Nisa të kem ethe. Ndonjë dritare do të jetë harruar hapur, është tepër vonë, është më mirë të shtrihem.

KAPITULLI 7

"AMADEAAA!" Çohem me një kërcim nga krevati duke marrë frymë me vështirësi duke u munduar të dalloj përmes errësirës ku ndodhem. Rikardo i frikësuar ndezi dritën dhe më vështronte në përpjekje të kuptojë çfarë kishte ndodhur.

"Eja këtu, eja këtu...shhhh shh, eja këtu, ishte thjesht një ëndërr." përshpërti duke më tërhequr pranë vetes.

Në krahët e tij veç aty mund të gjeja një paqe të përkohshme. Në përqafimin e tij mbretëronte qetësia që doja sikur edhe për pak.

" Zemër, Irenë! Ti ke temperaturë, ti digjesh" tha ai dhe u çua nga krevati. Pas disa minutash, qëndronte pranë meje me ilaçet dhe kompresat në dorë, duke më fshirë lotët që rrëshkisnin në fytyrë. Nata kaloi shumë e vështirë ndër ethe, ëndërra të liga dhe temperaturë.

Edhe pse merrja ilaçet temperatura me vizitonte shpesh ditë edhe natë gjatë gjithë javës. Unë isha e lumtur. Ndoshta do të kisha fatin e mirë të bashkohesha me time bijë. Ky ishte mendimi që më mbretëronte në mëndje. Ndoshta do të isha aq me fat sa mëngjesi që po vinte nuk do të sillte më dritë për mua.

Sado që kërkoja të jem e qetë, nuk ja dilja dot mbanë. E ndjeja dhe e dija që kisha nevojë për një mbështetje profesionale. Por nuk bëja dot as edhe këtë hap. I jepja peshën kohës. Tek koha kisha varur gjithë shpresën që gjithë kësaj dhimbjeje do ti vinte fundi në një farë mënyre.

Të qenit me temperaturë ishte më tepër se një fitore për mua. Nuk do të më duhej të shtirem. Nuk do të më duhej të çohem nga krevati, nuk do të më duhej të ha dhe të hiqem sikur po shijoj ato ç'ka bëj apo vlerësoj ato që bëjnë të tjerët për mua. Për mua askush nuk kishte më rëndësi në jetën time, për mua ushqimi ishte kthyer në një armik. Nuk ishte veç oksigjeni i dhimbjes time, unë do të vazhdoja të jetoja, do të vazhdoja të vuaja .

Një javë me temperaturë dhe një javë duke u shtirur me temperaturë kaluan në mënyrën më të mirë për mua. E izoluar në ëndrrat e mia mes gjumit dhe errësirës së dhomës. Përse duhej një person pa asnjë vlerë, pa asnjë rëndësi të vazhdonte kosnumin e jetës që dikujt tjetër i merret prej duarsh? Për çfarë arsye një person që urren dritën dhe shpërndan dëshpërimin në çdo hap të tij duhej të vazhdojë të marrë frymë, kur e vetmja gjë që dëshiron është të ketë një buton dhe te shuajë gjithçka? Thjesht për faktin që ne nuk kemi asgjë në dorë, sepse ne nuk zgjodhëm të vijmë në jetë dhe nuk mund të zgjedhim as të kundërtën.

Në mëndjen time sa herë dëgjoja për dikë që kish vrarë veten për mua ishte një krim i pa falshëm. Por tashmë arrija të kuptoja gjëndjen e cila e shtyn një person në një lëvizje të tillë. Brënda meje kisha arritur t'i kem zili për kurajon e tyre që morën guximin dhe bënë atë që dëshironin, sikur edhe për herë të fundit.

Mendime dhe mënyra të ndryshme si mund të hiqja jetën shkonin dhe vinin si skena filmash që i luaja në mëndjen time. Imagjinoja reagimin e Rikardos, megjithëse e dija shumë mirë që për të isha kthyer në një peshë të rëndë tashmë. Këto mendime disi më lehtësonin atë rëndesën në shpirt, më jepnin një farë kënaqësie që nuk mund ta shpjegoja.

Një mëngjes e zgjuar nga dielli dhe nga era e kafes të sapo përgatitur u ula në shtrat dhe duke vështruar jashtë mendoja që duhej të merrja një vendim për veten. Kisha dy zgjidhje, e para ishte të vazhdoja të vdisja dita ditës nga pak duke tërhequr me vete edhe Rikardon në këtë ferr, dhe e dyta ishte gjëja më e vështirë për mua por ajo që i detyrohesha vetes edhe Rikardos. Duhej të çohesha dhe të mbylllja këtë kapitull kaq të gjatë një jetën time.

Rikardo më vështronte pa nxjerrë asnjë fjalë ndërsa afrohesha drejt tij. Duke më përqafuar në një puthje të dëshpëruar u shpreh çfarë nuk mund të thuhej.

" Mirmëngjes. Kjo ishte një surprizë shumë e bukur. Sa po vija tek ti të të silljа mëngjesin, kam dhe një lajm të mirë. Ulu ulu." tha gati me një frymë me sytë që i shkëqenin nga gëzimi.

"Javës që vjen duhet të nisem për një udhëtim. A dëshiron të vish dhe ti? Është një vënd që do ta adhurosh dhe jam i bindur për këtë gjë. Koha po hapet, do të jetë sikur të shkojmë pushime, veçse unë duhet të mbaroj me disa sistemime për revistën ti mund të bësh ndonjë fotografi. Si thua? Do të të pëlqente të vije me mua?" Pyeti duke pritur plot shpresë.

"Po, po, sigurisht që po." iu përgjigja duke u përpjekur të fsheh lotët që ishin gati të zbrisnin.

E si mund të isha krejtësisht e sinqertë me të,dhe t'i thosha që kjo për mua nuk ishte një surprizë e bukur, që unë do të preferoja të isha vetëm gjatë gjithë kohës që ai do të ndodhej larg.

Atë natë ai do të vonohej të kthehej, gjumi herë nuk më vinte dhe herë nuk largohej më. Kisha ndryshuar oraret e natës me ato të ditës dhe sa ngrysej unë zgjohesha dhe bashkëjetoja me errësirën, me ankthet e mija dhe mendimet e zymta.

Teksa kaloja nga kuzhina u kujtova që kisha kohë pa pirë një gotë vere të mirë duke dëgjuar muzikë, siç ndodhte kohë më parë.

Duke mbytur dhimbjen ndër lotë, në shoqërinë e këngëve të mia të preferuara dhe shisheve të verës nuk e di sesa orë kishin kaluar.

Ishte momenti i duhur për të vepruar mbi vendimin tim. Ilaçet në sirtarin pranë shtratit tim po më prisnin.

E mendoja që do të ishte shumë më e vështirë po për mua ishte një shpresë e mbushur në një grusht me kokra në ngjyra dhe madhësi të ndryshme. I mblodha të gjitha duke i pirë në grupe dhe u largova përsëri në sallon e vetmja figurë që mbaj ment para se gjithçka të fikej përpara syve të mija, ishte refleksi im në pasqyrë. Një hije e asaj që unë mendoja që isha, një trup i gjallë me një shpirt pa jetë në të.

KAPITULLI 8

Dhimbje të tmerrshme më kishin mbërthyer dhe nuk isha në gjëndje të ngrija as qepallat e syve. Më duhej të bëja një përpjekje çnjerëzore të përballesha me dritën që më shponte sytë.

Duke marrë frymë me vështirësi dalloja përballë meje një hije që afrohej drejt meje. Ishte Rikardo. Sa kohë kishte kaluar pa e parë vallë? Vite? Sa shumë ishte plakur. Në fytyrën e tij dalloja rrudha që nuk i kisha parë ndonjëherë. Koka e tij ishte mbuluar me fije gri dhe të bardha, po unë ku ndodhesha?

Ai u afrua dhe duke qarë më shtrëngonte pranë vetes. Nuk po kuptoja çfarë kishte ndodhur? Përse ndodhesha në atë dhomë spitali?

U përpoqa të flas por ishte e pa mundur ,

"Përse, përse nuk më the asgjë? Përse nuk më the që nuk mundeshe të qëndroje vetëm? Unë nuk do të të lija kurrë vetëm!" Ai qante dhe fliste por nuk mund të kuptoja më ç'ka ishte ajo që thoshte. Më shqetësonte që e shikoja kaq të vrarë dhe të mërzitur, nuk e kisha parë kurrë në një gjëndje të tillë.

Në atë moment u kujtova për shishen e verës që hapa...por nuk më vinte asgjë tjetër në mëndje.

Ditët kalonin dhe tashmë kisha kuptuar shumë mirë ku ndodhesha sikuse edhe arsyen që isha aty. Doja të mos e pranoja, por më vinte keq që kisha dështuar në përpjekjen time.

Një muaj gati më vonë me shumë ilaçe dhe me shumë biseda ndihesha tashmë mjaft e fortë për tu kthyer në shtëpi.

Nuk ndihesha mirë, por nuk ndihesha as keq. Ishte sikur dikush të kish vënë një buton që kishte ngrirë gjithçka. Kisha shumë uri dhe shumë gjumë këto ishin të vetmet gjëra që unë i bëja sepse i kërkonte trupi im. Gjithçka e bëja sepse kështu ishte mënyra që isha mësuar që bëhej, por jo sepse dëshiroja diçka.

Rikardo mundohej të më përfshinte sa më shumë në aktivitetet e tij gjatë ditës, dhe përpiqej për gjithçka të më ndodhej pranë. Një mbrëmje ndërsa hanim ai fliste gati pa pushim siç kish nisur dhe fliste pothuajse gjatë gjithë ditës.

"Zemër, të kujtohet udhëtimi që të kisha folur. E shtymë për pak kohë dhe tashmë mund të nisemi që nesër nëse e dëshiron."

I buzëqesha duke pranuar dhe pas darkës rregullova gjërat që do të na duheshin me vete. Asnjëherë nuk e përmëndi më ç'kish ndodhur. Dhe unë vetë kisha nisur të ndihesha në faj për dhimbjen që i kisha shkaktuar me një veprim kaq të pa pjekur. Nuk ishte vetëm koha që kalonte që më bënte të arrija të mendoja kështu, por njerëzit e duhur që ndodheshin pranë meje dhe ilaçet e duhura.

Nga thellësia ku kisha hyrë nuk mund të dilja dot ndryshe pa ndihmën e tyre.

KAPITULLI 9

Më në fund pas 4 orësh në avion dhe me tej 3 të tjera në makinë mbërritëm në hotelin ku do të qëndronim. Mund të thuhej që ishte një vilë e madhe e zhytur në një pyll të mrekullueshëm ku mbretëronte natyra me gjithë bizhuteritë e saj.

Që atë mbrëmje nisa të ndihem më mirë, gjumi më rrëmbeu pa nevojën e ilaçeve për herë të parë pas kaq muajsh.

Të nesërmen Rikardos i duhej të largohej për të intervistuar shpërndarësit kryesorë të verërave në zonë dhe do të mungonte gjatë gjithë ditës. Nuk mund të qëndroja në shtrat edhe këtu, duhej të përballesha me realitetin tim. Çuditërisht ishte diçka që po e bëja me një farë kënaqësie që kisha kohë pa e ndjerë.

Përgatita një çantë me libra, kafenë, çajin tim të preferuar dhe sigurisht edhe aparatin tim fotografik që kisha kaq muaj pa e përdorur.

Duke mos patur ndonjë interes të veçantë, thjesht u nisa duke ndjekur instiktin më tepër. Më tërhiqnin vëmëndjen të gjitha gjërat, nga insektet më të vegjël deri tek retë si pambukë gjigandë të shpërndarë për të zbukuruar peizazhin.

Më apasiononte fotografia. Pas dy tre shkrepjeve të para më bënte skllaven e saj dhe më nuk shihja objekte. Në çdo shkrepje rrahjet e zemrës shtoheshin sa herë arrija të kapja atë që dëshiroja. Vështroja natyrën që pozonte si modele për mua. Ishte po ky moment që kuptoja sesa shumë më kish munguar puna ime.

Foto pas fotoje, bateria u konsumua shumë shpejt. Nën hijen e një peme madhështore u shtriva për të lexuar një nga librat që kisha me vete. Pas kaq kohësh kapa veten duke lexuar edhe duke kuptuar çfarë po lexoja. Mendja ime ishte aty dhe unë isha e qetë. Pas kaq vitesh, ndihesha e qetë, ndihesha në shtëpi. Duke mbyllur sytë, morra frymë thellë dhe gjithë trupi u rrënqeth nga përqafimi i ajrit të pastër i larë në erën e luleve pranverore.

Mbështeta kokën dhe u lëshova në krahët e flladit të ngrohtë që më përkëdhelte fytyrën dhe qerpikët më në fund të tharë nga lotët.

Pas disa sekondash hap sytë dhe shoh pranë meje Amadean duke luajtur në qetësi me duart e saj. E përqafoj plot ëmbëlsi duke i puthur faqet rozë plot erë të ëmbël, i puth sytë, majën e hundës dhe e vështroj e habitur. E prek, e shtrëngoj pranë vetes dhe ajo është aty me mua.

Zemra më rreh kaq fort nga dashuria për të dhe tani kuptoj sesi mund të jetë parajsa. Ajo më shikon dhe qesh dhe tek faqet i krijohen dy brima të vogla. Asnjë herë nuk mund të kisha imagjinuar të shikoja një krijesë kaq të bukur. Teksa afrohet i jap për të pirë, dhe ajo duke shtrënguar gjoksin me të dyja duart më shikon me sytë që i shndërijnë plot gaz. Pak nga pak kapakët e syve fillojne t'i rëndojnë edhe ajo është pothuajse në gjumë pa ndërprerë së piri. Për pak mbyll sytë dhe ndjej që rrëshkas dhe unë në një gjumë të ëmbël.

Nuk e di pas sa orësh hap sytë, dhe ajo ndodhej ende në krahët e mi. E ngre me kujdes pranë fytyrës dhe e shoh drejt në sy. Ata sy të qeshur plot shkëlqim me qerpikët e gjatë që përplasen si krahë fluturash mbi faqet e saj e bëjnë zemrën time të fluturojë. Çfarë magjie e pa arritshme është ky moment. Duke lëvizur duart në ajër dhe më pas duke më tërhequr hundën dhe faqet ajo qeshte dhe qeshte pa pushim. Oh sa të mprehta që janë ato thonjtë e vegjël! Si është e mundur të japin kaq dhimbje ato gishta kaq të vogla?

Çohem duke kruajtur fytyrën tek vëndi që dhimbja nuk largohej, dhe duke parë përqark kuptoj që më kish zënë gjumi pranë një foleje milingonash. Ngrihem duke u shkundur dhe duke u fshirë dhe në të njëjtën kohë kërkoja mos shikoja diku Amadean. A ishte ëndërr ajo që po jetoja me të në krahë apo ishte ëndërr ky moment?

Shumë e turbulluar nis të qaj me dënesa. Çfarë po ndodhte me mua, përse duhej t'i kaloja unë këto lloj situatash.

Më mungonte qënia e saj, më mungonte edhe pse nuk e kisha mbajtur kurrë në krahë dhe nuk i kisha dhënë kurrë gji, mua më mungonte. Doja ta jetoja, doja të mos e humbisja më.

Pasi derdha gjithë lotët e mundshëm, e kapitur u çova duke ecur përdrejt hotelit. Me bisht të syrit vura re një rrugë që pemët madhështore nga te dyja anët e rrugës bashkoheshin në qendër duke formuar një tunel të lulëzuar pëmes një fushe jeshile.

Doja të shkoja. Për pak çaste nguroja por duke menduar që Rikardo do të kthehej në mbrëmje, vazhdova plot kurreshtje drejt këtij tuneli të thurrur në lule.

Bari ishte tepër i lartë dhe arrinte pothuajse pak më sipër se gjunjët. Përmes këtij tyneli në fund të rrugës dallohej një dritë e fortë që shpërndahej në rreze. Ecja me hapa të sigurta edhe pse nuk kisha qënë kurrë më parë aty. Kisha ndjesinë që këtë rrugë e kisha shkelur me mijëra herë. Duke mbuluar sytë nga dielli i fortë në kontrast me errësirën e tynelit të pemëve, ndër gishtat që mbulonin sytë në sfond dallohej një shtëpi dykatëshe. Duke u afruar nga pak, arrita të kuptoj që duhej të ishte një shtëpi e braktisur.

Zemra nisi të më rrahë fort, doja të vrapoja të hyja brënda. Duke shpejtuar hapin ngrita dorezën e derës së jashtme dhe me një të tërhequr të lehtë dhe më pas një shtyrje ajo u hap sikurse edhe dera qëndrore e shtëpisë. Për disa sekonda po pyesja veten nga e dija unë sesi hapeshin këto dyer, por duke parë në brendësi të saj u rrënqetha dhe mendimet ndalën.

Shtëpia ishte e gjitha e sistemuar sikur dikë priste të vinte, e gjtha e mobiluar kaq bukur. E vetmja gjë që ishte tepër në këtë ambjent ishte pluhuri që kish mbuluar çdo hapësirë. Me hapa të pa vendosur u drejtova për në kuzhinë.

Duke vështruar përqark, ndoqa korridorin e ngushtë që shpinte në shkallën për në katin e dytë. Aty ndodheshin dhomat e gjumit, dhoma e madhe ishte e mbushur me dantella, një dhomë shumë romantike me nje krevat të madh dhe muret e veshur në piktura të qeta.

Hapa me kujdes dhomën në krah duke e shtyrë lehtë derën. Zemra më rrihte si e marrë. Në shikimin e parë të dhomës një britmë doli pa dashur, nuk po mundja të merrja frymë, shtrëngoja gojën për të mos thirrur.

Dhomëza, dhomëza ime, piktura ime në mur me zogjtë që këndonin, dielli i madh që mbulonte pothuajse gjithë murin rozë, krevati i vogël në krah të djathtë që ndodhej përballë dritares së madhe. Karrigja lëkundëse aty pranë dhe një libër i rënë përtokë. Dola nga dhoma e tmerruar duke vrapuar nëpër shkallë sikur dikush po më ndiqte dhe nuk mundja të ndaloja vrapin deri sa mbërrita në hyrje të hotelit.

Sa nisa të marr përsëri frymë normalisht, duke pyetur veten nëse ishte e vërtetë ç'ka kisha parë pak më parë.

KAPITULLI 10

Hëngra pak ndërsa prisja Rikardon të kthehej duke lexuar. I tregova për shtëpinë që kisha parë por jo për ëndrrën time. Mbas shumë lutjesh më premtoi që do të shkonim sëbashku ta shihnim këtë shtëpi që më kishte bërë kaq përshtypje.

Në rrezet e para të diellit nuk mund të qëndroja më në shtrat. Me një kërcim të shpejtë u vesha dhe nisa të zgjoj me shumë ngulm Rikardon që nuk dëshironte të prishte gjumin kaq herët. Pas pak ai ishte duke më ndjekur me sytë e përgjumur ndërsa unë vrapoja duke i treguar rrugën.

Sa mbërritem tek hyrja e shtëpisë më bëri përshtypje që dera ishte e lidhur me zinxhira, ndërsa unë thjesht hyra pa asnjë lloj problemi.

Nuk mund të rrija pa hyrë dhe nisa të ngjitem duke u varur nga kangjellat që e rrethonin.

"Irenë, çfarë po bën, u çmënde kështu? Zbrit që aty, zbrit tani!" Dëgjoja Rikardon që gati po ulërinte, por unë tashmë isha nga ana tjetër e kangjellave.

Duke qeshur i shpjegova me të shpejtë që nuk kishte asgjë të keqe në veprimin tim. Ajo pas pak do te bëhej shtëpia jonë kështu që gjithçka do të ishte në rregull.

"Ç'po thua Irenë? Kjo gjë as që nuk diskutohet. Të lutem eja të ikim të pimë një kafe dhe e bisedojmë gjithçka me qetësi."

"Jo, unë nuk lëviz nëse nuk e sheh edhe ti shtëpinë." Vura duart në mes për t'i treguar që isha e vendosur në atë që po i thosha.

"Irenë, nuk mund të hysh në një pronë private në këtë mënyrë. Është çmenduri kjo që po bën, e kupton? Të lutem dil dhe eja të vazhdojmë ditën tonë."

Mbas shumë përpjekjesh të tij të më bindë Rikardo më në fund u dorëzua duke bërë diçka që nuk mund të kisha imagjinuar që do të bënte ndonjëherë. Ndoshta të qeshurat e mia plot entusiazëm pas kaq vitesh e bindën të hyjë në një banesë të braktisur.

Në oborr ecej me vështirësi të madhe, çdo hap ishte tepër i veshtirë për t'u bërë prej gjëmbave dhe barërave të egra që kishin nisur të krijonin një pyll më vete.

Pasi arritëm tek dera qëndrore, u mundova të përdor teknikën që kisha përdorur një ditë më parë por dera nuk levizte nga vëndi. Kërkoja diçka përqark që mund të më ndihmonte të hapja derën duke kërkuar ndihmën e Rikardos i cili më vështronte i hutuar. E dija që çelësat ndodheshin të groposura në një vazo porcelani ngjitur me hyrjen po nuk dija në cilën kështu që nisa të thyej njërën pas tjetrës deri sa e gjeta dhe e ngrita në ajër plot gëzim për t'ia treguar Rikardos. I mjeri. I hutuar deri në atë pikë që as një fjalë nuk po thoshte dot të saktë, "Po si, si është e mundur ..nga ..ti?"

Sa hapa derën e tërhoqa me fuqi brënda, pa e lënë të mendohej më gjatë por për çudinë time gjithë ambjenti ishte i mbuluar në një pluhur të zi dhe ishte krejtësisht i boshatisur. Nga disa çarje depërtonte drita e jashtme që të lejonte të shihje, por asgjë nuk kujtonte ardhjen time të djeshme.

Elektriku i dorës ndriçonte vetëm pjesën ku binte drita dhe jo më tej. Rikardo nisi të teshtijë në mënyrë të pa kontrollushme për shkak të alergjisë së tij nga ambjentet me pluhur dhe këtu nuk kish sesi të mos reagonte trupi i tij.

"Irenë, unë nuk mundem të qëndroj më këtu; nuk kuptoj përse të dëgjova." tha mes teshtimave që nuk po e linin të flasë. Megjithëse e dija që do ishte e vështirë ti mbush mëndjen insistoja me kokëfortësi që të shikonim dhe pjesën e sipërme. Shkalla për t'u ngjitur lart ishte gati e shkatërruar. Elektriku i dorës më tepër ishte peshë sesa ndihmë. Duke u mbajtur nga anët e shkallës dhe duke u mudnuar të shkelnim aty ku druri nuk tregonte që do të thyej, arritëm katin e dytë.

Me vrap u drejtova dhomëzës së vogël me shpresën që para syve të mij do të shfaqej gjithçka që kisha parë ditën e kaluar, por për zhgënimin tim ajo ishte një dhomë e boshatisur nga gjithçka. Dritarja dhe struktura e dhomës ishte ajo që unë kisha parë por nuk do të thoshte diçka, në këtë shtëpi të gjitha dhomat kishin dritare të mëdha.

"Eja të ikim, unë po dal." Nxitoi të flasë Rikardo para se të kishte një krizë tjetër me teshtimat dhe u largua. Pas pak sekondash iu vura pas. Ai nuk ndalej; me një kërcim të shpejtë u gjend jashtë dhe nuk kthente kokën pas për të parë nëse po e ndiqja apo jo. Duke m'u marrë fryma vrapoja për ti dalë para.

" Riki, Riki, çfarë ke ..Rikardo!"

" Hë, çfarë do Irenë, çfarë do? U lodha! Do të dish diçka, u lodha!" tha ai dhe vazhdoi rrugën pa parë pas. Vazhdova ta ndjek më tepër për të kuptuar përse e kishte fjalën.

"Irenë, më thuaj, vazhdon të kesh ato ëndrrat e çuditshme? Më thuaj! Nëse kjo histori vazhdon duhet të bëjmë diçka. Nuk po kuptoj as veten time. Të ndjek sikur po bën gjënë më normale. Hyn në shptëpitë e huaja dhe duhet këtë ta quaj normale ose të gëzohem që ti po reagon në diçka. Jo! Nuk e pranoj dhe tani nuk jam i predispozuar të bisedoj shtruar me ty." I tha të gjitha me një breshëri mërzitjeje dhe u largua. E hidhëruar e shihja teksa largohej.

Duke u afruar hotelit, e shoh që ishte ulur në bar duke u menduar duke mbajtur duart në kokë. U afrova pa i folur dhe në heshtje mbështeta kokën në krahun e tij.

"Domethënë të pëlqen ajo shtëpi the?" pyeti duke përshpërirë.

"Po ..., shumë, shumë shumë." i përgjigjem duke marrë pak edhe pak guxim nga qetësia e tij.

"Si do t'ia bëjmë? Unë jam i gatshëm të sakrifikoj gjithçka për të të parë të lumtur, por kjo do të thotë që të nisim nga zeroja gjithçka. Duhet të hedhim gjithçka që kemi ndërtuar dhe mesa sheh këtu nuk ka asgjë që unë mund të bëj."

E dëgjoja pa kundërshtuar por në veten time isha e bindur që kjo ishte ajo që unë dëshiroja.

"Rikardo, unë nuk kam asgjë. Unë jam në zero dhe nëse do të kishte diçka që do të bëja do të ishte këtu. Shtëpia ka mjaft hapësirë të krijoj studion time dhe të merrem me fotografinë në një nivel që mua do të më pëlqente dhe mesa kam parë këtu nuk ka askënd që të merret me fotografi. Më thuaj a nuk të duket ide e mirë?" e pyes duke varur shpresën në buzët e tij.

"Nuk është thjesht çështje e idesë. Është një ndryshim radikal që unë nuk e di nëse jam i aftë ta bëj. Kjo është e gjitha. Nga ana tjetër të gjitha kursimet që kemi patur i kemi shpenzuar kështu që edhe të duam të bëjmë një hap më tej nuk është e mundur." Fliste duke parë pëllëmbët e duarve vërtet i tronditur. Nuk doja të grindesha dhe ta mërzisja më tepër, por kisha diçka për t'i sqaruar dhe duhej ta bëja sa me parë e mundur.

"Zemër , unë do të trasferohem këtu. Nuk më intereson aq shtëpia sesa gjëndja ime. Është zgjedhja jote personale nëse do të më ndjekësh apo jo. Tashmë e shohim të dy që situata jonë nuk ka për të ndryshuar dhe është momenti i duhur të vendosim për të ardhmen tonë. Secili është më mirë të vendosë për veten e tij në mënyrën më të mirë për të." i them me qetësinë më të madhe të mundur.

" Si, si the? E përse qënka momenti i duhur ?" Pyet ai plot nervozitet.

"Sepse ne nuk do të kemi fëmijë dhe unë nuk dua të provoj më të kem një. Ky është vendimi im. Nuk do të dëshiroja të të heq dhe ty mundësinë që mund të kesh me dikë tjetër."

Ai nuk u përgjigj thjesht më mori në krahët e tij duke më shtrënguar me gjithë forcën e tij.

Atë natë bëmë dashuri si asnjëherë më parë. Pas kaq vitesh dëgjoja zërin e trupit tim pa mendime thjesht një ndjenjë e gjallë. E verbuar nga pasioni, e mbushur qetësi dhe gëzim të pa përshkruar.

Në mëngjes zgjimi në krahët e tij më bëri të kuptoj që unë nuk kisha nevojë për një fëmijë , unë isha e lumtur me kaq. E rrëmbyer nga pasioni puthja buzët e tij plot jetë e çliruar nga zinxhirët që më lidhnin për kaq vjet duke kërkuar të gjej frymëmarjen në puthjet e tij duke përshpëririë se sa e doja nisa të qaj. Të qaj nga gëzimi dhe dashuria që më mbyste për këtë njeri. Qaja nga trishtimi që nuk isha e aftë t'i jepja atë që dëshironte kaq shumë, qaja sepse e dija që kurrë nuk do të ishte më marrëdhënia jonë si më parë, qaja sepse nuk doja ta humbja dhe në të njëjtën kohë dëshiroja ta lija të lirë.

Pas një jave shpërthimi çliruhes të ndjenjave tona atij i duhej të largohej. Unë isha më e vendosur se kurrë që nuk do të kthehesha.

Ramë dakord që ai do të kërkonte një punë diku më afër duke dhenë dorëheqjen në zyrën që ishte i punësuar akutalisht, ndërkohë që unë do të merresha me kërkimin e një shtepie.

KAPITULLI 11

Pas dy javësh dhe kërkimesh pa fund shtëpia doli pa një pronar dhe për fatin tonë të mirë u informova që i përkiste komunës dhe e kishin nxjerrë në shitje. Ia dolëm mbanë ta fitojmë ne ankand me një shifër qesharake dhe kjo ishte fitorja jonë më e madhe.

Do të na duhej të shpenzonim mjaft në rindërtimin e saj dhe Rikardos do t'i duhej të punonte gjithë vitin pa u larguar veçse për disa javë pushimi nëse dëshironim të kishim mundësinë të sistemonim shtëpinë.

E dija që kjo distancë nga njëri tjetri ishte e nevojshme për të dy për të kuptuar atë që donim në vazhdim, dhe për të pranuar faktin që nuk do të bëheshim prindër. Me hidhërim dhe zemër të rëndë nuk doja të këmbëngulja në diçka që ai duhej të vendoste vetëm.

Ajo që unë fshihja në zemër dhe që e shijoja nga momenti që kisha shkelur në këtë vënd ishin ëndërrat e mia. Në fillim ditët e para ishin ëndërra të ngatërruara dhe të pa pritura, shumë të gjalla dhe përherë më jepej përshtypja që isha në ëndërr momentin që zgjohesha dhe jo kur ëndërroja.

Herë-herë luftoja me veten duke larguar mendimin prej saj dhe herë e vetmja gjë që dëshiroja ishte të mbylllja sytë dhe ta mendoja. Javët e para isha shumë e tronditur me faktin që këto ëndërra ishin kaq të vërteta. Më vonë nisa të ndihem keq momentet që isha zgjuar. Një ankth pa fund. Sa herë që shtrihesha për të fjetur, kisha frikë se do zgjohesha dhe do ta humbisja përgjithmonë. Momenti i zgjimit ishte përsëri një ndarje e tmerrshme. Derisa arrita ditët e fundit të isha në gjëndje të kontrolloja edhe vijimin e ëndërrave. Diçka shumë e pa zakontë, por për mua ishte realiteti im. Sa herë do të mbylllja sytë hapej dera e parajsës, jetoja me gjithë energjinë e shpirtit jetën si nënë.

Prisja me padurim çastin që do të mbylllja sytë dhe do të mbaja në krahët e mi Amadean e vogël. Ishte e gjitha e imja dhe vetëm e imja. Një ëngjëllushe që mbushte çdo cep të jetës me buzëqeshjen e saj. Mendoja si vepronin të gjithë nënat e tjera që u duhej të punonin, ashtu edhe unë do më duhej të qëndroja larg saj orët që isha zgjuar.

Kuptoja shumë mirë që kjo nuk ishte diçka normale, por për mua ishte një shpëtim, një ilaç që më mbante të qetë gjatë ditës dhe më jepte fuqi të përballoja gjithçka.

Pas punimesh të shpejta shtëpija morri formën e duhur. E sistemova shumë thjeshtë dhe vetëm me gjërat më të nevojshme. Ndryshimi i ambjentit dhe i klimës kishte nisur të ndikojë edhe mbi trupin tim. Kisha nisur të shtoj në peshë dhe më në fund të dukem e shëndetshme.

Mëngjeset i kaloja duke bërë pazare tek dyqanet e qytezës gjithçka që prodhohej nga vetë banuesit e saj. Mrekullohesha me gjithçka që shihja përreth, me natyrën, me thjeshtësinë që jetonin dhe mbi të gjitha me ngrohtësinë që më pritën.

Një mëngjes ndërsa shëtisja përmes fushave pa fund dhe rrugicave të qendisura në pranverë, dallova një kasolle të vogël. Kurreshtja ime nuk mund të më lejonte të largohesha pa hedhur një sy ose pa bërë disa fotografi.

Kur u afrova vura re që ishte një kasolle e ndërtuar me trungjet e pemëve të lidhura në një mënyrë të tillë që krijonin një mur të trashë. Teksa po mundohesha të shihja brënda një zë më bëri të kërcej nga frika." Çfarë do aty?"

Një burrë i moshuar me mjekër të gjatë po vinte drejt meje duke më vështruar plot inat.

"Jo, unë, nuk dua diçka, ...thjesht më pëlqeu shumë kjo ndërtesë kaq e veçantë dhe dëshiroja ta shihja nga afër. Më falni për shqetësimin po largohem."U nxitova të justifikoj prezencën time në pragun e shtëpisë së tij.

"A nuk je ti ajo që bleu shtëpinë e Nerit?" pyeti ai duke ulur tonin e zërit.

"Nuk e di ..ndoshta. Dua të them nuk e di kush ishte pronari i asaj shtëpie." Iu përgjigja pa lëvizur nga ku ndodhesha më tepër nga frika e reagimit të tij.

" Fotografe je ?" Pyeti duke vështruar aparatin që kisha përgatitur për shkrepje.

"Po, po. Banesa juaj është shumë e veçantë dhe do të dëshiroja të bëja disa fotografi nëse do të më lejonit." I thashë duke buzëqeshur me shpresën që nuk do të refuzonte.

Ai u ul në pragun e derës dhe më nguli sytë. "Vazhdo bëj atë që do." tha duke rregulluar flokët e bardhë.

Pasi mbarova fotografitë e falenderova duke i buzëqeshur plot kënaqesi. Teksa po e përshëndesja duke u kthyer për t'u larguar ai më pyeti. "Si vendose të marrësh atë shtëpi? Ka vite që nuk i afrohet askush. Tremben të gjithë prej ç'ka thuhet për atë."

"Çfarë thuhet?" e pyeta plot kurreshtje duke pritur me padurim çfarë do të më thoshte.

Ai thjesht qeshi dhe duke tundur kokën vazhdoi "Jo jo ska gjë. Thjesht thonë që asnjë nga pronarët nuk ka qëndruar aty më tepër se një vit. "E cili është shkaku?" pyeta duke pritur sa më shumë informacione nga ai. Por e zhgënjyer m'u desh të largohesha sepse ai thjesht ngriti supet dhe hyri në shtëpi.

Në rrugën e kthimit bëja përpjekje të mbaja mendjen tek fotografitë që doja të bëja dhe jo tek fjalët e plakut, që ndoshta dëshironte thjesht të argëtohej duke shpikur gjëra që nuk ekzistonin.

Pas disa ditësh ndërsa prisja të bëheshin edhe rregullimet e fundit në shtëpinë tonë të re , kalova përsëri nga shtëpia e plakut të çuditshëm. E kërkova përqark por nuk dukej në asnjë anë. Kisha shumë ditë që ndihesha e lodhur dhe për ta pritur u ula tek një stol prej druri në hyrje të banesës së tij.

"A nuk ke marrë shtëpi ti? Këtu e gjete të flesh?" dëgjova dhe hapa sytë e trembur. Më kish zënë gjumi në stol edhe mesa dukej prej disa orësh duke vënë re ndryshimin e pozicionit të diellit.

"Më fal; unë... më paska zënë gjumi. Thjesht mendova të kaloja t'ju përshëndesja ..dhe .."

"'Ska rëndësi...paske marrë vesh historinë e vajzës të Nerit pra, pradaj erdhe të më pyesësh?"

"Për vajzën e Nerit? Nuk kuptoj. Çfarë do të thuash?" E pyeta ende e hutuar nga gjumi.

"Po thërrisje emrin e saj në ëndërr: Amadea. Vajza e Nerit quhej kështu." tha ai duke më turbulluar edhe më tepër.

KAPITULLI 12

U përpoqa gjatë ta bindja plakun të më tregonte më tepër për historinë e Amadeas, vajzës të Nerit, por e vetmja gjë që ai më tha ishte që ata kishin pasur disa probleme në shtëpi dhe që vajza e tyre kishte humbur. Mua më dukej më tepër një histori e trilluar dhe që ndoshta plaku dëshironte thjesht të shtynte kohën duke u argëtuar në këtë mënyrë. Ishte i vetmi shpjegim llogjik që mund të jepja.

Hyrja në shtëpinë e re ishte sikur jetoja në një përrallë dhe javët që Rikardoja kishte lejen e tij të parë ngjanin si një magji.

Bisedonim gjithçka, veç faktit që unë ëndërroja pa pushim Amadean.

Më mërziste që nuk mund të ishim bashkë gjatë gjithë kohës por më jepte forcë ideja që puna e Rikardos do të na mbante të ndarë vetëm për pak muaj akoma.

Kisha nisur të ndihesha e përgjumur dhe kisha vazhdimisht uri. U mundova të pikturoj dhomat por ishte e pa mundur prej erës të bojërave që më dukeshin të pa durueshme .

Pas dy muajsh në këtë gjëndje dhe në mungesë të ciklit menstural vendosa të bëj një test shtatëzanie. Testi rezultoi pozitiv. Reagimi i parë ishte të vrapoja t'i telefonoja Rikardos , por momentin që doja t'i thosha lajmin e mirë diçka më ndali. Kisha frikë t'ia thosha. E dija që ai do të linte gjithçka për të qëndruar pranë meje. Ishte tepër herët dhe nëse diçka ndodhte nuk do doja të kalonte sërisht nga ai ferr që kaluam para pak kohe.

Rikardo do të vinte pas një muaji dhe do të qëndronte gjatë ishte e kotë t'i jepja këtë lajm me faks apo me letra apo telefonata, kur të më shihte do të ishte surpriza më e bukur për të. E ndjeja që ksaj rradhe gjithçka do të shkonte mire, ndihesha e qetë dhe e sigurtë.

Unë do të jepja gjithçka të mundshme nga vetja ime që rritej në mënyrën më të mirë, por nuk do të shkoja më në spital për asnjë arsye. Nëse do të ishte në fatin tonë të mos vijë edhe kësaj here në jetën tonë, atëhere çfarëdo lloj përpjekje që ne të bënim nuk do ta sillte tek ne.

Muaji kaloi i qetë me të gjitha ndjenjat e përqafuara nga natyra. Për fat të keq Rikardos iu shty leja duke mos ardhur në datën e planifikuar.

Ai erdhi një ditë duke me surprizuar por edhe duke u surprizuar vetë. Tashmë në fund të muajit të gjashtë, barku i rrumbullakosur plotësisht me nje beb shumë të lëvizshëm. Mes gëzimit, fjalëve të lyera lumturi dhe dashuria që shpërthente në çdo lëvizje tonën ditët rridhnin pa kuptuar.

Unë vazhdoja të merresha me fotografitë e mia duke shndëruar një nga dhomat në studio ku shfaqja disa prej fografive që bëja, duke i arkivuar në mënyrë të tillë që me mundësinë e parë të hapja ekspozitën që prej vitesh e kisha në plan.

Rikardo habitej çdo ditë me sjelljen time. Ndoshta kishte harruar sesi ishte të më shihte të qetë dhe të lumtur, ndoshta edhe vetë unë nuk isha më njeriu që kisha qënë më parë.

Disa prej fotografive të mia u shitën në revistat më me famë dhe për ne ishte një moment në jetën tonë për t'u shijuar.

Sado që Rikardo ngulte këmbë të bëja vizitat e duhura në spital, u dorëzua kur pa sa e vendosur isha në këtë drejtim. Në punë dha dorëheqjen, e ndjente që kishte humbur një pjesë shumë të rëndësishme duke mos qenë pranë meje dhe nuk dëshironte të humbiste asnjë ditë më tej.

Nuk kisha ndjenja të forta ose të veçanta në këtë shtatëzani, sepse thjesht e dija që pak kohë më ndante prej saj, prej Amadeas time, më në fund ajo nuk do të ishte thjesht një ëndërr.

Evitoja të bëja plane me Rikardon për ardhjen e saj thjesht sepse nuk doja të zhgënjehesha edhe një herë. Amadea ishte dhurata jonë që na ishte refuzuar për kaq kohë të gjatë.

KAPITULLI 13

Shumë herë shkoja të vizitoja plakun në banesën e tij, sikur thjesht për të shkëmbyer dy fjalë. Nuk biseduam më asnjëherë për Amadean. Më fliste për bimët dhe më shpjegonte shumë veti të tyre. Rikardos i flisja kaq shpesh për të saqë ai priste me padurim ta njihte, por sa herë që shkonim së bashku nuk e gjenim edhe sikur ta prisnim me orë të tëra.

Kishte ditë që ndjeja dhimbje të ndryshme në pjesën e poshtme të barkut, herë më të lehta dhe herë të forta që mund të zgjasnin për disa orë, e dija që trupi po përgatitej për lindjen.

Një nga pasditet që dielli premton shfaqje të larmishme në largimin e tij, po nisesha me aparatin fotografik në dorë drejt banesës të plakut. Pasi mbarova punën që kisha në plan të bëja, u ula tek stoli duke biseduar me të për zogjtë. Duke biseduar nuk e kisha kuptuar se sa orë kishin kaluar.

"Irenë" dëgjova zërin e Rikardos. Buzëqeshja më ngriu në buzë teksa pashë fytyrën e tij të zbehur sikur të shihte ndonjë fantazmë përpara syve.

" Çfarë po bën? U bëra merak dhe mendova që do të të gjeja këtu. Me kë po flisje?" pyeti ai.

"Unë po flisja me ..." fjalët më ngrinë në fyt, duke parë vëndin bosh në anën e stolit ku plaku kish qënë ulur deri disa sekonda më parë.

"Irenë, çfarë po ndodh? Kam këtu më shumë se gjysëm ore që të vështroj teksa ti flet me veten?" tha ai me zërin që i dridhej.

Nuk arrija të kuptoja çfarë donte të thoshte."Unë po flisja me plakun, ndoshta ishte larguar dhe unë vazhdoja të flisja duke menduar që ai ndodhej aty. " Rikardoja vërtet i tronditur me hapa të rënda erdhi dhe u ul pranë meje duke më mbajtur dorën. Në heshtje shihte përpara tij i zhytur në mendime. Më frikësonte sjellja e tij kaq e pa shpjegueshme.

"Riki, çfarë po mendon?" e pyeta plot shqetësim.

"Si quhet plaku Irenë?" pyeti ai pa hequr shikimin nga vëndi ku kish ngulur sytë. Unë nuk e dija sesi quhej, nuk e kisha pyetur asnjëherë për emrin e tij. Çfarë rëndësie mund të kishte emri i tij tani.

"Nuk e di Riki, nuk e di. Po përse më bën këtë pyetje?" vazhoja të kërkoja një përgjigje për këtë sjellje kaq të çuditshme.

"Është më mirë të kthehemi në shtëpi, eja." tha ai dhe u çua. Gjatë gjithë rrugës në kthim nuk shkëmbyem as një fjalë. Rikardoja vazhdonte të ecte në një heshtje që më mbyste. Sa mbërritëm në shtëpi ai u mbyll në librari dhe unë nuk doja ta shqetësoja më.

Në mëngjes nisa të kem dhimbje, kuptoja që tashmë kish ardhur dita e shumëpritur. Kotrollova në të gjithë shtëpinë për të gjetur Rikardon por mesa dukej ai do të kish dalë herët nga shtëpia. Pas 4 orësh kontraksionet ishin të rregullta dhe me 5 minuta distance nga njëra-tjetra.

Isha e përgatitur për lindjen në shtëpi. Pas bisedimit me gjinekologen time dhe maminë gjithçka do të shkonte për mrekulli. Rikardo u kthye në shtëpi shumë i shqetësuar dhe rrathët e krijuar poshtë syve tregonin që ai nuk kish fjetur.

"Ku i ke fotografitë e plakut?" ishte pyetja e tij e parë.

I tregova vëndin ku ndodhej zarfi me fotografitë e tij në studion time duke shtrënguar dhëmbët nga dhimbjet.

Pas disa sekondash ai u kthye në dhomë gati duke vrapuar. "Ku më trego ku është ai....merri fotografitë dhe ma trego ku është fotografia e zotit Neri." Me duart që i dridheshin dhe zëri që po shdnërrohej në ulërimë tundte përpara fytyrës time fotografitë që mbante në dorë.

"Fotografia e kujt?" e pyeta në një përshpërimë. Zgjata dorën të marr fotografitë e kapitur nga dhimbjet dhe për më tepër e terrorizuar nga sjellja e Rikardos nisa t'i shfletoj duke parë njërën pas tjetrës nga disa herë.

"Pyeta dhe më thanë që ajo banesë i përkiste një burri që nuk është më në jetë prej 30 vjetësh, e thërrisin Neri. Por aty nuk banon më askush. Kë ke fotografuar ti?"

Nuk isha më në gjëndje të përqëndrohesha. Nuk mund të qëndroja dot në këmbë. Dhimbjet ishin shtuar aq shumë sa nisa të bërtas.

Rikardoja shpërtheu në lotë. Duke mos ditur si mund të më ndihmojë më lutej të shkonim në spital.

Ajo që më bëri të vendos për të shkuar në spital ishte fakti që dhimbjet ishin të pa imagjinueshme dhe Rikardo po e keqësonte gjëndjen time me sjelljen e tij.

Kur po dilnim nga shtëpia sytë më ranë edhe një herë mbi fotografitë e shpërndara në tokë. Fotografitë e një banese të rënuar por aty nuk kishte asnjë fotografi që të tregonte plakun që unë me mijëra herë kisha fotografuar. U ktheva dhe morra fotografinë e parë që i kisha bërë shtëpisë tonë. E shtrëngova në kraharor dhe hodha një shikim të fundit pas.

Gjatë rrugës për në spital, forca e dhimbjeve u rrit sikurse edhe gjatësia e tyre, frekuenca e tyre ishte çdo 3 minuta.

Në prag të spitalit që ndodhej gati një orë larg banesës tonë, ndjeja nevojën të shtyja.

Infermijeret nuk humbën kohë për të më kontrolluar, por diçka nuk shkonte mire. Dëgjoja që flisnin të shqetësuar, një infermier vinte, tjetri ikte me vrap duke thirrur

"Lajmëroni mjekun dhe anestezistin, shpejt, po, po përgatisni sallën operacionit urgjentisht."

Mes dhimbjeve që ishin të padurueshme dhe nevojës për të shtyrë morra përgjigjen që po më drejtonin urgjentisht në sallë sepse fëmija nuk ishte kthyer në pozicionin e duhur, duke qënë ende me kokën sipër duhej të shpejtonin ndërhyrjen.

Nuk munda të flas me Rikardon thjesht e përshëndeta me dorë teksa largohesha, gjëja e fundit që pashë ishte fotografia që më shkau prej duarsh pas derës që u mbyll.

KAPITULLI 14

Ndjeja mbi qepalla ngrohtësinë e diellit. Nga dritarja e dhomës futej shumë dritë. Në krahët e mia ishte vogëlushja ime, më në fund. Amadea ime. Lotët rrëshkisnin mbi faqe duke shpëlarë dhe gjurmët e fundit të dhimbjes nga shpirti im. Zemra e mbushur plot dashuri, një dashuri kaq e fortë sa asgjë tjetër nuk mund ta zëvëndësonte. Duke i kënduar një ninullë e lëkundja lehtë në krahët e mia. Një botë e tërë në një trup kaq të vogël. Buzëqeshja me çdo mimikë të fytyrës të saj dhe bashkë me të buzëqeshte më në fund edhe shpirti im.

Ngrita shikimin dhe pranë meje ndodhej një grua me vajzën e saj të rritur, imagjinova veten time për një çast si do të isha edhe unë pas pak vitesh me Amadean time.

Vogëlushja u zgjat në majë të këmbëve duke u munduar të shohë Amadean, e zbulova fytyrën e saj duke j'a treguar gjithë krenari.

"Është ende tepër e vogël. Edhe ti dikur ke qenë po kështu." i them duke i buzëqeshur. Vogëlushja më shihte me sytë e mëdhenj plot kurreshtje. "Një ditë edhe Amadea ime do të rritet dhe do të bëhet një vajzë e bukur edhe e mbarë si ti." Vazhdova t'i tregoj fytyrën e bukur së Amadeas time duke buzëqeshur.

Vogëlushja kurreshtare u largua duke vrapuar drejt mamasë së saj dhe infermierit që u bashkua me to pasi më përshëndeti duke më puthur në ballë.

Sa familje e bukur, e bukur si familja jonë më në fund e kompletuar.

****

"O babi, po përse gjyshja mban në krahë atë kukullën dhe thotë që është vajza e saj?"

"Kur të rritesh do të ta shpjegoj më mirë. Ajo për të nuk është thjesht një kukull zemra ime. Si mendon, çfarë ëmbëlsirash do t'i sjellim gjyshes javës që vjen??"

FUND

64465728R00047

Made in the USA
Lexington, KY
13 June 2017